© 2020 do texto por Daniel Munduruku
© 2020 das ilustrações por Rosinha
Todos os direitos reservados.
Callis Editora Ltda.
1ª edição, 2020
1ª reimpressão, 2023

Texto adequado às regras do novo Acordo Ortográfico da Língua Portuguesa

Coordenação editorial: Miriam Gabbai
Editor assistente: Ricardo N. Barreiros
Revisão: Ricardo N. Barreiros e Talita Wakasugui
Projeto gráfico e diagramação: Thiago Nieri

Dados Internacionais de Catalogação na Publicação (CIP)
Angélica Ilacqua CRB-8/7057

Munduruku, Daniel

A origem dos Filhos do Estrondo do Trovão : uma história do povo Tariana / Daniel Munduruku ; ilustrações de Rosinha. -- São Paulo : Callis, 2020.
24p. : il., color.

ISBN 978-85-454-0100-1

1. Índios da América do Sul - Brasil – Literatura infantojuvenil I. Título II. Rosinha

20-1167   CDD: 028.5

Índices para catálogo sistemático:
1. Literatura infantojuvenil - Índios da América do Sul   028.5

ISBN 978-85-454-0100-1

Impresso no Brasil

2023
Callis Editora Ltda.
Rua Oscar Freire, 379, 6º andar • 01426-001 • São Paulo • SP
Tel.: 11 3068-5600 • Fax: 11 3088-3133
www.callis.com.br • vendas@callis.com.br

Daniel Munduruku

A origem dos Filhos do Estrondo do Trovão
Uma história do povo Tariana

Ilustrações de
Rosinha

callis

À Luiza, sobrinha-neta recém-chegada
ao nosso mundo.

E a seus pais, Cleber e Cynthia,
que lhe devem contar esta e
muitas outras histórias.

Histórias com sabor de saber

O povo indígena é filho das histórias contadas nas noites escuras das aldeias. Histórias com sabor de ancestralidade, com sabor de pertencimento a uma tradição, com sabor de saber dos velhos. Histórias que dão sentido à existência das pessoas e as unem num grito silencioso de verdade.

São histórias contadas com tanta majestade e reverência, com recolhimento e compenetração, sem ensaios e com tamanha teatralidade que nos reportam sempre para o princípio de tudo, para a origem das coisas, em um tempo em que o tempo estava a serviço dos seres e não como seu senhor.

A história que aqui reconto é verdadeira. Mas não traz consigo a verdade ocidental, verdade linear, em que tudo tem que ser devidamente dividido em partes para se chegar ao final com uma verdade mental. A verdade dessa história está em uma leitura circular, sem divisão entre sagrado e profano e sem uma leitura mental. Histórias devem ser lidas com o coração, pois ele sabe de onde vem a Verdade que mora na origem de tudo e do Todo.

É por isso que as histórias não são lendas, sequer são mitos. São os sentidos da existência das pessoas que as escutam, são as definidoras de uma vivência social, política, religiosa, ética e poética dos povos aos quais pertencem. E é assim que devem ser lidas. É assim que devem ser compreendidas. É assim que devem ser ouvidas pelas pessoas.

Essa história não é minha. Meu é apenas o jeito de contar. Que ela possa ajudar os amigos leitores a despertar o interesse em conhecer mais e melhor o rico universo dos povos indígenas brasileiros.

A origem dos Filhos do Estrondo do Trovão
Um mito do povo Tariana

Contam os antigos que houve um grande trovão, forte, potente. Foi tão violento que ele se partiu em dois. Um pedaço quebrou e tocou o céu, fazendo uma ferida da qual caiu uma profusão de sangue em cima do próprio trovão. Ali ficou, por isso ela secou.

Em um outro dia, o trovão estrondou ainda mais forte e o sangue, que estava sobre si, virou carne. Essa carne foi arrebatada para o outro lado do mar e tocou a terra. Isso foi no terceiro dia.

Como a carne estava muito dura, ao cair no chão espatifou-se, esmigalhando-se toda. Dos pedaços dessa carne é que apareceram as pessoas tarianas.

Criados assim, os Tarianas não conheciam nenhum costume. Por isso foram morar dentro de uma gruta que encontraram escavada em uma montanha. A gruta era muito escura, sem nenhuma claridade, e isso fez com que as pessoas ficassem muito tristes, achando que o dia não voltaria nunca mais. Pensando assim, adormeceram na gruta e, apenas quando notaram que estava vermelho o tronco do céu, saíram para apreciar e reparar bem aquele dia que nascia. A alegria foi imensa e todos ficaram contentes porque o sol apareceu. Todos sorriam de satisfação.

Quando o sol chegou ao seu ponto mais forte, os Tarianas voltaram a ficar insatisfeitos, pois tinham fome e não sabiam o que comer, uma vez que isso eles nunca tinham sentido. Foi aí que, quando o dia estava ficando triste, eles viram uns pássaros em uma árvore e perce-

beram que eles comiam umas frutas que estavam ali. Aqueles homens não tiveram dúvidas e logo subiram na árvore e passaram a comer também as frutinhas. Comeram tanto quanto puderam, comeram até o dia escurecer totalmente, trazendo consigo a noite. Desceram, então, da árvore e voltaram para a gruta onde tinham dormido na noite anterior. Passaram a noite toda ali, esperando que o dia voltasse.

E assim aconteceu: o dia raiou novamente. E, tão logo os Tarianas despertaram, correram para a árvore e foram comer o restinho das frutas que estava por ali. Da copa em que estavam, viram dois veados, pareciam um casal. Eles desceram para ver o que eles iam fazer. Ficaram escondidos para espiar melhor. Viram que os dois veados estavam comendo embaixo de uma árvore. Passou um pouquinho de tempo e notaram que os animais estavam encostando um no outro, como se quisessem namorar. E de fato era o que eles estavam fazendo. Isso impressionou aquelas pessoas, que ficaram ali por um longo tempo.

Quando o dia voltou a ficar triste, os veados foram embora. Os Tarianas entraram na gruta para passar a noite, mas, na cabeça deles, ficava sempre a imagem dos dois veados namorando sob a árvore.

Não demorou muito e a Mãe do Sono fez todo mundo dormir e logo chegou a Mãe do Sonho, que entrou na mente deles. Ela disse:

– Antes de ensinar para vocês todas as coisas, quero dizer que o nome de vocês é Tária, porque nasceram do estrondo do trovão.

Imediatamente a Mãe do Sonho transformou todos eles em veados. Eles logo começaram a fazer igual ao casal que eles haviam visto no dia anterior. Quando acordaram, ficaram assustados, mas felizes:

TARIANA

Os Tarianas estão presentes no Amazonas, mais precisamente no Alto Rio Negro, mas também estão presentes na Colômbia. Pertencem ao tronco linguístico Aruak e somam uma população aproximada de 1.500 pessoas.

cada homem tinha em seu braço uma mulher. Eles ficaram muito alegres. Agora já havia homens e mulheres existindo juntos.

Quando sentiam fome, subiam na árvore e comiam frutas. Enquanto comiam, porém, sentiram que precisavam de algo que os ajudasse a "empurrar" a comida para dentro. Foi aí que viram pássaros voarem pelo céu indo pousar na beira de um rio. Lá tomavam água, se banhavam, brincavam, nadavam. Os Tárias não pensaram duas vezes e logo foram também para a beirada do rio e fizeram a mesma coisa que os pássaros. Sentiram muita alegria no coração!!!

Quando a noite caiu mais uma vez, homens e mulheres se abraçaram e assim dormiram.

E assim foi acontecendo. Dia após dia, aprendiam alguma coisa nova, alguma coisa que ainda não sabiam e que os ajudava a viver cada vez melhor. Assim foi. Um dia, eles viram uma pequena cobra comer saúvas. Fizeram o mesmo e descobriram nesses insetos um apetitoso alimento. Passada uma porção de tempo, contam, eles já sabiam fazer muita coisa: fazer criança, pescar, flechar, plantar roça.

Tinha uma coisa, porém, que eles não sabiam fazer. E isso os deixava frustrados. Tudo o que eles observavam conseguiam fazer, mas nadar em cima d'água, como faziam os patos, ninguém havia ainda conseguido. Por mais que olhassem, observassem, tentassem, não conseguiam nada. Cada um ia ao porto observar os patos "andando sobre as águas" e nenhum deles os imitava.

Um dia, porém, contam, o filho do tuxaua foi tomar banho. Nadou, tentou imitar os patos. Viu, então, um pedaço de pau boiando. Subiu logo em cima dele e, batendo as mãos na água, viu que conseguia se equilibrar. Ficou assim durante muito tempo, conseguindo chegar até o meio do rio, de onde voltou, pois o dia já estava ficando triste.

Chegando à cidade, contou a toda gente como havia conseguido andar sobre as águas do rio, feito um pato. Todos duvidaram, mas logo disseram:

– Amanhã, antes do sol aparecer, você vai ensinar pra gente tudo o que aprendeu. Assim a gente vai fazer bonito como você!

Quando a madrugada começou a se enfaceirar pelo tronco do céu, homens, mulheres e crianças desceram para o porto. Todos queriam aprender a andar sobre as águas. O filho do tuxaua foi logo para cima daquele pau. Remou, remou, remou enquanto era observado pelos olhos atentos de todos os Tárias. Quando ele voltou ao porto, todos, um por um, subiram no tronco do pau e se puseram a nadar como pato.

A caminho do desconhecido

Naquela noite, contam, ninguém dormiu. Estavam satisfeitos demais para dormir. Fizeram festa. Em plena madrugada, alguém sugeriu:

– Que tal se a gente juntar uma porção de paus iguais àquele e amarrar um no outro? Assim daria para todos nós andarmos em cima do rio.

– É muito bonito o que está dizendo. Vamos todos fazer assim como você disse.

> **Um país com muitos povos**
>
> É muito comum as pessoas chamarem de índio os primeiros habitantes desta terra chamada Brasil. Essa palavra, no entanto, não faz justiça à grande diversidade cultural e linguística desses povos que existem em nosso país.
>
> Acredita-se que, na época da chegada dos europeus nas terras brasileiras, havia entre 3 e 8 milhões de pessoas já habitando por aqui.
>
> Hoje, pouco mais de 500 anos depois, há aproximadamente 800 mil pessoas que são reconhecidas como indígenas. Essas pessoas compõem um universo de 305 povos diferentes entre si que falam 274 línguas e dialetos e estão dispersas por todos os estados brasileiros, sem exceção.
>
> Por isso, falar de índio como se fosse um todo homogêneo é, no mínimo, falta de esclarecimento e um descuido grave, pois menospreza a riqueza cultural e linguística dos povos tradicionais brasileiros.

Não precisou repetir duas vezes. Antes de o dia despertar, os homens juntaram muitos paus e os amarraram entre si. As mulheres foram preparar comida para levar junto. E assim aconteceu.

Na manhã seguinte, todo o povo subiu na jangada e pôs-se a remar em direção ao mar. Ninguém olhou para trás. Todos tinham alegria dentro do coração. Ao meio-dia, pararam para comer. Quando olharam para trás, viram apenas uma fina fumaça subir ao céu no lugar onde antes eles moravam. Ninguém se espantou. Deixaram o vento soprar e eles seguiram o caminho do vento. No fim daquele dia, nenhum Tária sabia onde estava.

Depois de três dias, a comida acabou, todos tiveram fome, eles iam sempre correndo com o vento. Um deles estava com tanta fome que, ao ver tapurus no fundo do pau, encheu a mão e levou-os à boca. Os outros, que o observavam, também pegaram os tapurus e comeram. Isso os ajudou a matar a fome que sentiam. Sem saber voltar para onde estavam, remavam sempre mais.

Assim navegaram muitas luas, contam os velhos.

Um dia viram uma sombra escura diante deles e todos gritaram de felicidade:

– Eis a nossa cidade!!!

E passaram a remar com mais força para chegar à praia onde viram pássaros pondo ovos. Como estavam com muita fome, logo fizeram fogo, assaram os ovos dos pássaros e comeram. Depois dormiram encostados nas árvores que ali havia.

De manhã, ao acordarem, decidiram que iam construir ali mesmo a sua cidade. Três dias depois, a cidade já estava levantada.

Algumas luas se passaram. Tudo estava indo muito bem até que, um dia, um moço encontrou rastro de gente por trás da cidade. Imediatamente foi ao tuxaua e contou:

– Tuxaua, eu achei rastro de gente. Parece ser muita gente. Acho que eles nos espiam.

– Julgas, então, que há outra gente além de nós, Filhos do Estrondo do Trovão?

– Eu creio. Agora tu, para acreditar, venha ver com teus olhos.

O tuxaua acompanhou o jovem. Chegando ao local, ficou impressionado. Viu que as pegadas eram mesmo de gente. Percebeu o chefe que precisava se preparar para o confronto com aqueles estrangeiros.

Chegando à cidade, mandou todos fazerem flechas, curubis[1], cuidarus[2], fundas, para guerrear contra os que os espiavam. E assim aconteceu.

Uma lua depois, chegou gente, muita gente. Cercaram a cidade. Os Tárias, que os estavam esperando, foram logo atacando os inimigos. E, no final daquele dia, após longa batalha, nenhum inimigo vivia. Apenas as mulheres foram perdoadas. Elas se tornaram cativas dos Tárias. E ninguém as entendia porque falavam uma língua estranha. Apenas três anos depois é que conseguiram se comunicar com elas.

Um dia, o tuxaua aproximou-se delas e perguntou:

– Vocês querem voltar para a terra de onde vieram?

ÍNDIOS NÃO, INDÍGENAS SIM

Também não é muito legal usar o termo *índio* para identificar pessoas que pertencem a um determinado grupo étnico. *Índio*, na primeira definição do dicionário Aurélio, é "*elemento de número atômico 49, metálico, branco, mole, utilizado em ligas especiais*".

Na segunda definição, diz: "*o habitante das terras americanas ao chegarem os descobridores europeus; o aborígene da América*".

Quando lemos a definição de *indígena*, o mesmo dicionário parece ser mais contundente: 1. "*originário de um país ou de uma localidade*"; 2. "*pessoa natural do lugar ou país onde habita*".

Portanto, se prestarmos bastante atenção, notaremos que o termo *indígena* nada tem a ver com o termo *índio*. Esse último foi um apelido dado pelos colonizadores, pelos alienígenas, estrangeiros, para se referirem aos originários da terra. Desde então, denominamos erroneamente os indígenas – nativos, gente do lugar, os naturais da terra – de índios, numa generalização perigosa e etnocêntrica.

---

[1] Uma espécie de porrete, borduna.

[2] Clava achatada.

— Não, porque nossos outros parentes estão muito longe daqui e é custoso chegar até lá.

— Então existe outra gente para além de nós?

— Sim. Tem muita gente. Eles estão lá, mas não conseguem guerrear com ninguém. Se o tuxaua for até lá, poderá acabar com todos.

— Vocês nos levam até lá?

— Nós levamos. Só não ficamos mais porque nossos filhos já têm sangue de vocês.

O tuxaua deu ordem para que todos se preparassem para partir. Iam atrás de uma nova terra. E, naquela mesma lua, eles foram procurar esses estrangeiros. E, quando uma mão de luas passou, eles chegaram ao local. Aquela gente cercou os Tárias. Eles vinham armados de cacete; e os Tárias, de flecha.

Batalharam durante três dias. Quando já tinha pouca gente estranha, estes fugiram para muitos lugares, deixando as mulheres como escravas dos Tárias.

Assim ia aumentando o número do povo Tária, que não parou naquele lugar.

Nessa época, contam, muitos tuxauas já tinham morrido. Quem comandava tudo era um certo Buopé, um valente líder que continuou subindo o rio e dominando tudo o que encontrava, aumentando o número da gente Tária.

Ao entrar pelo rio Içana, encontraram os Seusy-Tapuias. Como não eram inimigos, resolveram ficar ali e descansar um pouco.

Um dia, contam, os Tárias foram caçar; com eles, alguns Seusys, que ficaram espantados com a agilidade dos Tárias em caçar. Eles dominavam perfeitamente o arco e flecha, nunca erravam. Isso deu um certo medo nos Seusys, que foram contar o que haviam visto ao seu tuxaua. Ele, com medo, não sabia como pedir a Buopé que deixasse suas terras. Quando se acalmou, disse:

— Tuxaua Buopé, para este outro lado, tem um rio grande onde ainda não há gente. Vá para lá porque eu não quero que seu povo mate toda a caça das minhas terras.

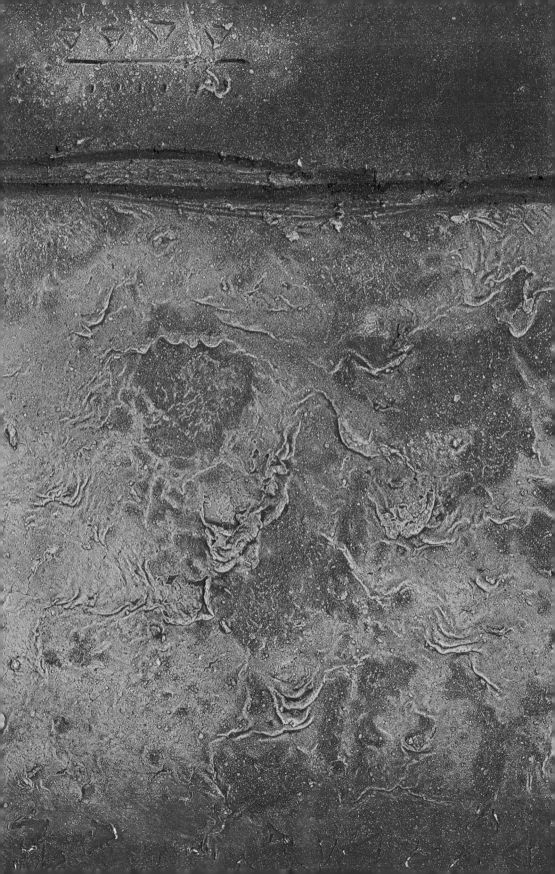

Buopé ficou irado, contam.

– O que o tuxaua dos Seusys está querendo dizer? Está dizendo para eu sair daqui? Você não sabe que ninguém dá ordens a Buopé? Terei que destruir seu povo por causa de suas palavras.

Bem que o Seusy, tuxaua dos Seusys, tentou argumentar, mas não adiantou. Buopé o enfrentou e ali mesmo o corpo do chefe caiu morto. A guerra estava começada. Durante todo aquele dia, os Tárias perseguiram os Seusys. Apenas alguns sobreviveram porque conseguiram pular nas águas. No outro dia, Buopé pegou seu pessoal e foi atrás do rio grande. Algumas luas depois, chegaram à cabeceira do Igarapé da Arara, daí desceram para a Iauareté-Cachoeira e ali fizeram a cidade deles. Dali, Buopé foi fazendo guerra contra toda gente. Não guerreou com os Uananas porque sua filha, Uauhi, casou-se com o filho do tuxaua dos Uananas, Nhanfure.

E assim, contam, os Tárias foram se estabelecendo naquele local, dominando todos os outros povos. Quem não se juntava ao tuxaua Buopé era perseguido e massacrado.

Depois de passarem muitos anos, uma noite, dizem os sábios, Buopé sonhou que tinha morrido: ele viu seu próprio corpo já sem sombra e uma porção de gente chorando perto dele.

Quando acordou, mandou chamar todos os seus filhos.

– Eu já vou morrer, porque a Mãe do Sonho assim me mostrou essa noite. Você, Koeuánaka, como é o mais velho dos seus irmãos, ficará dono de todas as nossas cidades.

O velho cacique tomou fôlego por um momento.

– Você, Kare, será o cabeça dos guerreiros de seu irmão.

Mais uma vez, emocionado, o guerreiro falou:

– Contem, em todas as noites de lua, como meu nome ficou famoso nestas terras, embaixo do sol.

Dizendo isso, o tuxaua dispensou todo mundo. Antes da madrugada seguinte, Buopé já demonstrava que sua sombra estava deixando o corpo. E, quando o sol saiu, ele morreu.

Todos que estavam ali, contam, viram um beija-flor sair do corpo dele e ir direto para o céu.

Koeuánaka tomou logo todas as coisas do pai e foi deixá-las na casa de pedra. Depois veio chorar a morte dele.

Após três anos, tiraram os seus ossos e os colocaram junto a outras coisas dentro da casa de pedra.